KB154777

딸에게 엄마가 필요한 100가지 이유

Why a Daughter Needs a Mom

by Gregory E. Lang

딸에게 엄마가 필요한 100가지 이유

그레고리 E. 랭 글 · 사진 | 이혜경 옮김

나무생각

베키에게 감사하며

딸에게는 영원히 간직할

기억을 만들어주는 그런 엄마가 필요하다.

A daughter needs a mom to provide her with memories
that will last forever.

딸에게는 언제든

전화 한 통이면 연락이 닿는 그런 엄마가 필요하다.

A daughter needs a mom who is never more than a phone call away.

딸에게는 이 세상 누구보다
딸을 잘 이해해주는 그런 엄마가 필요하다.

A daughter needs a mom because no one understands girls like a mom.

딸에게는

남자들끼리 쓰는 말을 이해할 수 있게 도와주고

첫 키스에 대해 얘기할 수 있는 엄마,

품위는 유행을 타지 않는다고 가르치며

이제 그만 집으로 들어올 시간이 되었다고 현관 등을 깜빡거려주는

그런 엄마가 필요하다.

A daughter needs a mom···

to help her interpret the language of boys.

to tell about her first kiss.

to teach her that class never goes out of style.

to flash the front porch lights when it is time to come inside.

딸에게는 제대로 보는 눈만 있으면
아름다움은 변치 않는다고 말해주는 그런 엄마가 필요하다.

A daughter needs a mom to tell her that beauty never fades
if you look in the right places.

딸에게는 서로 보는 시각이 달라도

괜찮다고 생각하는 그런 엄마가 필요하다.

A daughter needs a mom who believes it is okay
to see things differently.

딸에게는

혼잣말을 할 때도 좋은 말을 골라 하라고 일깨워주며

친구들이 어떤 행동을 하더라도 그들을 사랑하라고 가르치는 엄마,

당당히 자신을 옹호할 수 있는 용기를 주고

정답이 없어 보일 때는 가장 보편적인 것을 택하라고 가르치는

그런 엄마가 필요하다.

A daughter needs a mom...

to remind her to say nice things when she talks to herself.

to teach her to love her friends, no matter what they do.

to give her the courage to stand up for herself.

to teach her that when nothing seems right, do something normal.

딸에게는 요리하는 법을

가르쳐주는 그런 엄마가 필요하다.

A daughter needs a mom to teach her how to cook.

딸에게는 긴장을 풀고
재미있게 놀 줄 아는 그런 엄마가 필요하다.

A daughter needs a mom who knows how to let loose and have fun.

딸에게는

대화의 기술을 가르쳐주고

숙녀답게 행동하는 법을 가르치는 엄마,

두려워 말고 주어진 순간을 포착하라고 가르치며

모험심이 많은 것과 무모한 것은 다르다고 지적해주는

그런 엄마가 필요하다.

A daughter needs a mom…

to teach her the art of conversation.

to teach her how to be a lady.

to tell her not to be afraid to seize the moment.

to point out that there is a difference between being adventurous and being wild.

딸에게는 딸과 같은 수준에서
놀아줄 줄 아는 그런 엄마가 필요하다.

A daughter needs a mom who can play on her level.

딸에게는 아빠가 처리할 수 없는

일들을 해줄 수 있는 그런 엄마가 필요하다.

A daughter needs a mom because there are some things a dad just can't handle.

딸에게는 책을 읽어주는 그런 엄마가 필요하다.

A daughter needs a mom to read to her.

딸에게는 신세 진 것을 어떻게
갚아야 하는지 보여주는 그런 엄마가 필요하다.

A daughter needs a mom to show her
how to give back to others.

딸에게는 결혼식 날
뒤를 챙겨주는 그런 엄마가 필요하다.

A daughter needs a mom to help her on her wedding day.

딸에게는 넘어지면
붙들어줄 그런 엄마가 필요하다.

A daughter needs a mom to catch her if she falls.

딸에게는

상처입고 아파하는 딸을 위로해주고

집을 떠나면 부딪히게 될 상황에 대비해주는 엄마,

때로는 기다리는 것이 더 나을 수도 있다고 가르치며

누구나 나를 사랑하게 만들 수는 없지만

누군가의 사랑을 받는 사람은 될 수 있다고 가르치는

그런 엄마가 필요하다.

A daughter needs a mom…

to soothe the pain of a broken heart.

to prepare her for what she will face when she leaves home.

to teach her that sometimes choosing to wait is a good idea.

to teach her that you cannot make someone love you,
but you can be someone who can be loved.

딸에게는 나이와 상관없이

장난기를 발동할 수 있다고 말해주는 그런 엄마가 필요하다.

A daughter needs a mom to remind her to be playful,
no matter how old she is.

딸에게는 불행이 닥쳤을 때
혼자가 아니라는 사실을 일깨워주는 그런 엄마가 필요하다.

A daughter needs a mom to remind her, on the bad days,
that she is not alone.

딸에게는 낯선 사람들로부터

딸을 지켜주는 그런 엄마가 필요하다.

A daughter needs a mom to protect her from strangers.

딸에게는 자기를 위한 시간과

에너지를 남겨두라고 충고하는 그런 엄마가 필요하다.

A daughter needs a mom to remind her to save some time and energy for herself.

딸에게는

지쳤을 때 업어주고

따뜻한 가슴에 안기면 얼마나 푸근한지 알게 해주는 엄마,

자장가를 불러주며

자기 자신을 향해 소리내어 웃을 수 있도록 가르쳐주는

그런 엄마가 필요하다.

A daughter needs a mom···

to carry her when she is tired.

to show her the comfort of a warm embrace.

to sing her to sleep.

to teach her to laugh at herself.

딸에게는 졸업 댄스 파티에 입고 갈
드레스를 골라주는 그런 엄마가 필요하다.

A daughter needs a mom to help her
choose a prom dress.

PLEASE
$7.50

딸에게는 집안 대대로 전해오는
지혜를 나누어주는 그런 엄마가 필요하다.

A daughter needs a mom who shares with her
the wisdom of generations.

딸에게는 마음만 먹으면
무엇이든 될 수 있다고 격려해주는 그런 엄마가 필요하다.

A daughter needs a mom to encourage her to be whatever
she wants to be.

Rinkov

딸에게는
진정한 사랑에도 타협이 필요하다고 가르치며
좋은 남자를 알아보는 법을 일러주는 엄마,
누군가의 아내가 될 자질을 키워주고
가족을 어떻게 돌봐야 하는지 몸소 보여주는
그런 엄마가 필요하다.

A daughter needs a mom...

to teach her that even true love requires compromise.

to tell her what she should expect from a good man.

to prepare her for becoming a wife.

to show her how to raise a family.

딸에게는 마음을 다 바쳐서

누군가를 사랑하는 법을 가르쳐주는 그런 엄마가 필요하다.

A daughter needs a mom to show her how to love someone
with all her heart.

딸에게는 남자관계에서

선을 긋는 법을 가르쳐주는 그런 엄마가 필요하다.

A daughter needs a mom to explain to her
how to set limits with boys.

딸에게는

부담스러운 일은 유머로 날려버리고

자신이 하는 모든 일마다 조금씩 애정을 쏟는 법을 가르쳐주는 엄마,

자존심 때문에 남을 용서하지 못하는 일이 있어서는 안 된다고 일러주며

감사하는 마음을 가질 수 있게 가르쳐주는

그런 엄마가 필요하다.

A daughter needs a mom...

to show her how to use humor to lighten heavy loads.

to show her how to put a little love in everything she does.

to tell her not to let pride get in the way of forgiving someone.

to encourage her to be grateful.

딸에게는 죽음도 삶의 일부라는
사실을 깨닫게 해주는 그런 엄마가 필요하다.

A daughter needs a mom to help her see
that death is a part of life.

딸에게는 가장 예뻐 보이는 법을
가르쳐주는 그런 엄마가 필요하다.

A daughter needs a mom to teach her
how to look her best.

딸에게는 “미안해요.” 라는 말은

내일로 미뤄서는 안 된다고 가르치는 그런 엄마가 필요하다.

A daughter needs a mom to teach her not to wait
until tomorrow to say, “I'm sorry.”

딸에게는

색칠할 때 금 밖으로 나오지 않도록 도와주고

이미 가진 것을 활용하는 법을 가르쳐주는 엄마,

항상 엄마가 보내는 우편물을 받게 될 거라는 확신을 심어주고

말괄량이여도 괜찮다고 말해주는

그런 엄마가 필요하다.

A daughter needs a mom...

to help her learn how to color inside the lines.

to show her how to make use of what she already has.

to make sure she always receives mail.

to tell her that it is okay to be a tomboy.

딸에게는 감사하는 습관을

기를 수 있게 가르치는 그런 엄마가 필요하다.

A daughter needs a mom to teach her
to make thankfulness a habit.

딸에게는 어떤 나무든 자라는데
상당한 시간이 걸린다는 사실을 일깨워주는 그런 엄마가 필요하다.

A daughter needs a mom to teach her that every tree takes
a while to grow.

SINCE

딸에게는 틈만 나면
웃을 수 있도록 부추겨주는 그런 엄마가 필요하다.

A daughter needs a mom to encourage her to laugh
as often as possible.

딸에게는 자유롭게

자신을 표현하게 해주는 그런 엄마가 필요하다.

A daughter needs a mom to give her the freedom
to express herself.

딸에게는 딸의 얼굴에

웃음이 피어나게 할 줄 아는 그런 엄마가 필요하다.

A daughter needs a mom who knows
how to put a smile on her face.

딸에게는 딸이 힘든 이유를

귀 기울여 들어주는 그런 엄마가 필요하다.

A daughter needs a mom to listen closely to
what troubles her.

딸에게는

첫사랑에 빠졌을 때 함께 흥분해주고

함께 공상의 나래를 펴주는 엄마,

딸의 소원이 실현될 수 있게 도와주고 싶어하며

있는 그대로의 딸을 사랑하는

그런 엄마가 필요하다.

A daughter needs a mom...

to share in her excitement when she falls in love for the first time.

to share her daydreams with her.

who wants to help make her wishes come true.

to love her for who she is.

딸에게는 자기 자신에 대해 그 누구보다
잘 알아야 한다고 가르치는 그런 엄마가 필요하다.

A daughter needs a mom to teach her that she should know herself
better than anyone else does.

딸에게는 상상력을 키워주는 그런 엄마가 필요하다.

A daughter needs a mom to nurture her imagination.

딸에게는 삶에 대한 열정은

전염성이라는 것을 가르쳐주는 그런 엄마가 필요하다.

A daughter needs a mom to show her
that enthusiasm for life is contagious.

딸에게는

어떤 길을 택하느냐가 바로 최종 목적지를 의미하고

자신의 몸이야말로 숭배해야 할 신전이라고 가르치는 엄마,

사랑과 욕정의 차이점을 구별할 수 있게 도와주고

폭풍이 지나간 다음엔 무지개가 뜬다는 사실을 일깨워주는

그런 엄마가 필요하다.

A daughter needs a mom…

to teach her that the path taken means as much as the destination.

to teach her that her body is a temple.

to help her distinguish the difference between love and lust.

to remind her that there is a rainbow after every storm.

딸에게는 딸의 개성을

인정해주는 그런 엄마가 필요하다.

A daughter needs a mom to indulge her individuality.

딸에게는 행복은

자기가 만드는 것이라고 가르치는 그런 엄마가 필요하다.

A daughter needs a mom to teach her that she is responsible
for her own happiness.

딸에게는 가끔씩은 호사할

권리가 있다는 사실을 일깨워주는 그런 엄마가 필요하다.

A daughter needs a mom to remind her that she has the right
to indulge herself now and then.

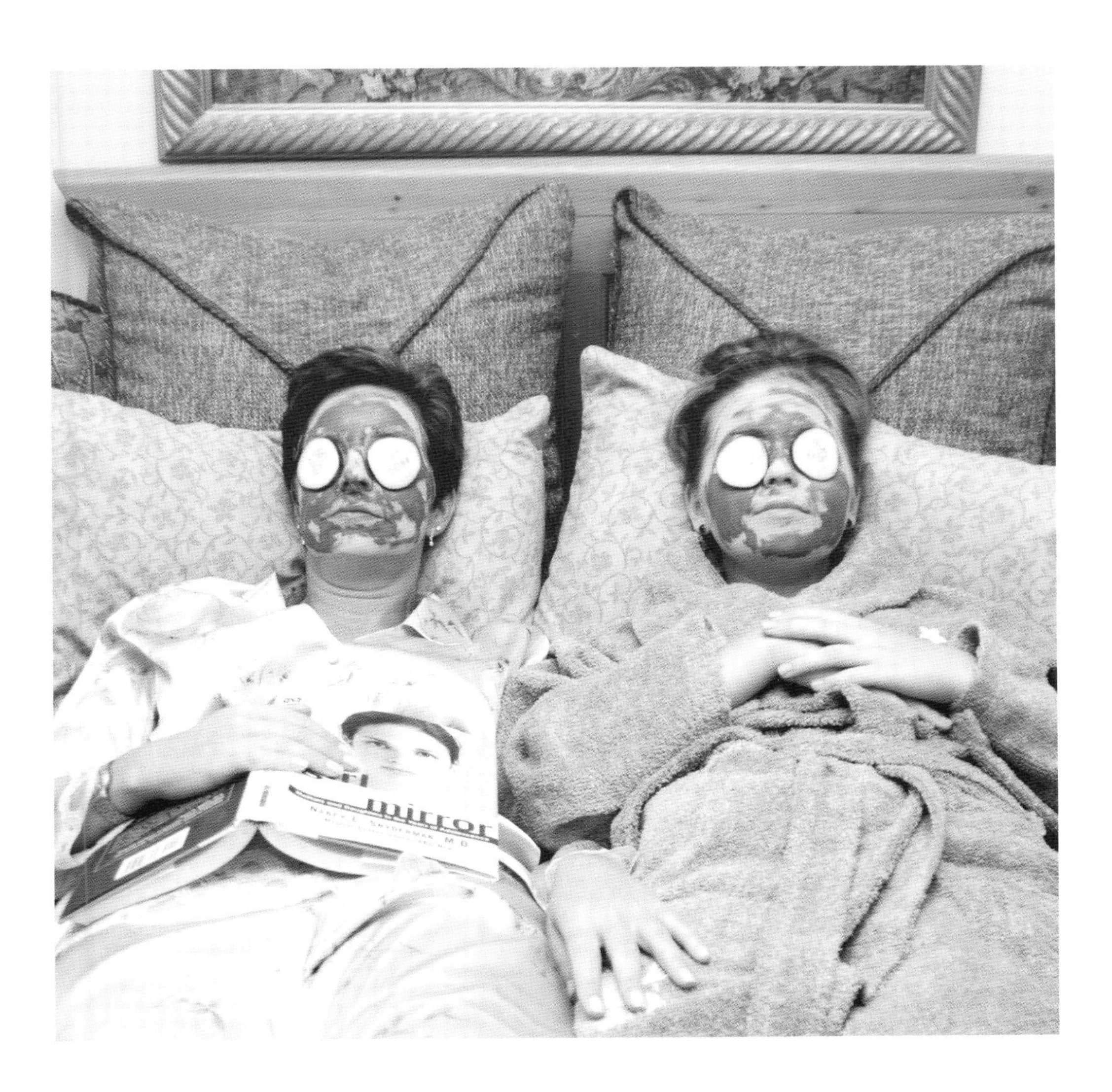
mirror

딸에게는

행복으로 가는 길은 늘 평탄한 길은 아니라고 말해주며

가장 향기로운 꽃이 항상 아름다운 것은 아니라고 가르쳐주는 엄마,

딸에게 인내심을 심어주며

늘 기꺼이 딸의 손을 잡아주는

그런 엄마가 필요하다.

A daughter needs a mom…

to tell her that the road to happiness is not always straight.

to explain that the sweetest flower may not always be the prettiest.

to instill patience in her.

who never grows tired of holding hands.

딸에게는 딸의 표정을

읽을 줄 아는 그런 엄마가 필요하다.

A daughter needs a mom who can read
the expression on her face.

딸에게는

애정 표현을 쑥스러워하지 않고

라디오에서 딸이 좋아하는 노래가 나오면 함께 따라 불러주는 엄마,

아내와 엄마의 역할에 대한 정체성을 잃지 않고

공동체의 일에 참여하는 것은 가치있는 일이라는 것을 몸소 보여주는

그런 엄마가 필요하다.

A daughter needs a mom...

who never hesitates to show affection.

who will sing along with her when her favorite song comes on the radio.

who does not lose her identity in the role of wife and mother.

who shows by example that community involvement is a worthy pursuit.

딸에게는 아이들을 돌보는 법을

가르쳐주는 그런 엄마가 필요하다.

A daughter needs a mom to teach her
how to care for children.

딸에게는 인생을 다시 시작할 수는 없지만

끝내는 법은 바꿀 수 있다고 가르치는 그런 엄마가 필요하다.

A daughter needs a mom to teach her that you cannot start a life over,
but you can change the way it ends.

딸에게는 소리 높여 찬양하라고
가르치는 그런 엄마가 필요하다.

A daughter needs a mom to teach her
to lift her voice in praise.

딸에게는

머리 손질하는 법을 가르쳐주고

원한을 품고 사는 것은 커다란 짐이라고 말해주는 엄마,

믿음 안에서 동료의식이 생긴다는 사실을 일깨워주고

언제든 돌아올 수 있는 집이 있다는 사실을 확인시켜주는

그런 엄마가 필요하다.

A daughter needs a mom…

to show her how to fix her hair.

to tell her that grudges are too burdensome to carry.

to remind her that in faith there is fellowship.

to assure her that she always has a place to come home to.

딸에게는 여자라고 가정에만
묶여 있어서는 안 된다고 가르치는 그런 엄마가 필요하다.

A daughter needs a mom to teach her
that women are not bound to the home.

딸에게는

진실된 마음을 간직하고 있는지 확인하고

딸이 눈물을 그칠 수 있게 달래주는 엄마,

딸이 자신의 능력 밖의 것을 이루기 위해 노력할 수 있게 자극을 주고

가슴속에 딸을 위해 특별히 마련된 자리가 있다고 말해주는

그런 엄마가 필요하다.

A daughter needs a mom...

to make sure she keeps a true heart.

to comfort her through her tears.

to challenge her to strive for what is just beyond her reach.

who tells her of the special place she holds in her heart.

딸에게는 허송세월하지 않도록

가르치는 그런 엄마가 필요하다.

A daughter needs a mom to teach her
not to let a good day slip from her fingers.

딸에게는 엄마가 필요하다.

엄마가 없으면 살아가면서 당연히 누려야 할 것들이 줄어드니까.

A daughter needs a mom because without her she will have less
in her life than she deserves.

에필로그

청소년기로 접어들면서 뚜렷한 변화를 보이고 있긴 하지만, 나는 여전히 내 딸 미건 캐서린과 가깝게 지낸다. 한때는 늘 곁에 붙어있던 친구였고, 장난기 어린 범죄의 공범자였으며, 내가 말을 하면 넋을 잃고 듣던 아이가 여자로 가는 첫걸음을 내디디면서부터 나에 대한 환상이 줄어들었다. 사람들 앞에서 손을 잡거나 입술에 뽀뽀를 하고, 가끔 일어나 보면 밤사이 내 이불 속으로 기어들어와 자고 있던 아이의 모습을 보는 일은 지나간 옛 일이 되고 말았다. 그런 소중한 애정 표현들이 이제는 짧고 간략한 포옹, 건성으로 나누는 인사말, 사생활 침해 받지 않기와 때때로 참지 못하고 "아빠! 난 이제 어린애가 아니란 말이에요."라고 쏘아붙이는 경고로 바뀌었다.

나는 상실감을 극복하기 위해 안간힘을 썼고, 때로는 딸아이에게 모든 걸 나에게 털어놓으라고 간청하고 싶은 생각을 떨쳐내기 힘들다. 지금 머릿속에 무슨 생각이 들어있는지 가슴속에서는 어떤 감정들이 요동치고 있는지. 아이가 입을 열지 않으면 나는 우리가 다시는 예전처럼 가까워지지 못할 거라는 생각이 들어 고개를 떨구고 우리 사이에 무슨 일이 생긴 건 아닌지 노심초사한다. 아이에게 뭐가 필요한지 알아낼 수 없거나 왜 그렇게 행동하는지 이해할 수 없어 안절부절하는 때도 있다. 특히 혼자 있으면 슬픔으로 판단력이 흐려져서 이런 생각들이 든다. 다행히 정신이 맑을 때는 그런 변화들이 그렇게 심한 일이 아니라는 생각이 든다. 사실은 딸아이가 내가 바라는, 진짜 강하고 독립적인 여성으로 자라기 위해 당연히 일어날 수 있으며, 격려해줘야 할 일이라고. 그럴 때면 나는 딸에게 아빠가 전부일 수 없다는 생각을 주저없이 받아들인다. 아이에게 엄마도 필요하다는 사실을 분명히 알게 되는 순간이기도 하다.

베키와 나는 이혼한 지 거의 10년이 되었다. 우리는 외동딸 미건에 대한 공동 후견인으로 되어 있으며, 아이는 나와 엄마 사이를 오가며 살고 있다. 베키는 나와 그리 멀지 않은 곳에서 산다. 우리는 서로의 집 열쇠를 가지고 있고, 전화도 종종 할 뿐 아니라 가끔 식사도 함께 한다. 집안에서 지켜야 할 규칙을 정하거나 미건에게 새로운 권리를 늘려줄 때는 서로 협의해서 결정한다. 미건을 대할 때 서로 다른 행동을 취할 수 있는 부분에 대한 이견을 좁히고 아이를 키우는 데 서로 도움을 주기도 한다. 우리는 오래 전에 서로 전처나 전남편은 될지언정 결코 전 부모는 되지 않기로 합의하고 부모로서 동반자 관계를 지속하고 있다. 또 부모로서 미건에게 최선을 다하기 위한 방법을 찾기 위해 우리 자신의 문제들은 극복하기로 했다. 부모 역할의 파트너인 베키는 그런 의미에서 지금까지 누구보다 내게 가장 소중한 사람이었다. 특히 내 딸이 더 이상 어린아이가 아님을 깨닫게 된 이후로.

나와 미건의 관계에 변화가 생기면서 아이와 엄마의 관계도 변했다. 지금은 가장 신뢰하고 마음을 터놓고 얘기하는 사람으로 미건은 엄마와 오랫동안 열띤 전화 통화를 한다. 남자애들 이야기, 친구와의 말다툼, 연예가 소식과 최신 TV프로그램 등에 대해서 얘기를 나눈다. 또 미건의 패션 담당으로 두 사람은 함께 몇 시간씩 쇼핑을 하고, 머리와 손톱 손질을 하기도 하며, 여자들이 여행가방을 쌀 때는 만약에 대비해서 구두를 많이 들고 가야 한다는 데 서로 생각이 통한다. 또 미건은 위로와 보호와 이해가 필요할 때 가장 좋아하는 안식처로 엄마를 찾는다. 여자로서 내가 이해할 수 없는 것을 이해하는 사람은 베키다.

또 여자로서 내가 줄 수 없는 것을 주는 사람도 베키다. 가끔씩은 모녀 관계를 바라보면서 은근히 질투심이 일기도 하지만 그렇게 된 것에 항상 깊이 만족하며 기쁨을 느낀다. 그들 관계는 두 사람뿐 아니라 나를 위해서도 좋은 것이다. 한번은 늦은 밤에 베키와 오랫동안 전화로 대화를 했다. 전화를 끊기 전에 베키는 내가 부모로서 느끼는 불안감을 다독여주었고, 내가 이해할 수 없는 것들에 관해 설명해주었다. 그때 나는 그녀가 내 아이의 엄마인 것에 감사했다.

딸에게 엄마가 필요한 이유는 많다. 그리고 남자, 여자라는 본질적인 차이 때문에 내가 평생 이해하지 못할 것들도 몇 가지 있을 것이다. 그렇다고 딸의 삶에서 절대적인 엄마의 중요성을 부정할 수는 없다. 딸에게 엄마가 필요한 이유는 신체에 일어나는 변화들을 이해하고, 남자에 대해 올바른 결정을 내리는 법을 가르쳐주며, 자신을 돌보고 자식을 키우는 법, 그리고 결혼생활을 지켜나가는 방법을 가르쳐주기 때문이다. 때로는 아무 이유없이 눈물이 나기도 하고, 우울한 기분이 드는 것도 알고 보면 아무것도 아니라는 것과 초콜릿은 거부할 수 없는 음식이라는 사실을 엄마는 이해한다. 바보짓을 하는 것이 재미있고, 모든 것이 실질적이거나 일정에 맞아야 하는 것은 아니라는 사실을 이해해주는 엄마, 훌륭한 여성으로 자랄 수 있는 잠재력을 지닌 딸이 그렇게 자랄 수 있게 도와줄 엄마가 필요하다. 무엇보다 아빠는 딸에게 모든 것이 될 수 없기 때문이다.

나는 엄마도 아니고 딸도 아니다. 개중에는 내가 이런 책을 쓸 자격이 있냐고 생각하는 사람도 있을 것이다. 하지만 나는 인간관계에 대한 날카로운 관찰력을 지니고 있으며 나 자신이 가족의 일원이다. 아빠와 엄마, 아이 하나로 이루어진 가족이지만 대부분, 아니 다른 많은 가족들과 다를 바가 없다. 그 안에는 웃음과 눈물, 포옹과 언쟁, 놀라움과 실망, 주고 받기, 희생과 보상 등이 있다. 미건은 두 집에서 살고 있긴 하지만 가족은 하나다. 엄마와 내가 함께 부모 노릇을 하고, 함께 사랑하며, 아이의 입장에서 서로 타협하고 있기 때문이다. 미건에게 가족의 개념을 알 수 있게 도와준 베키에 대한 고마움 때문에 나는 이 책을 썼다. 우리 가족의 이야기가 다른 이혼한 부부들의 마음을 동요시켜 아이들을 중심

으로 가족이 모이고, 부모로서 공유하는 역할을 수용하고, 그렇게 함으로써 자녀들에게 좀 더 완전한 가족을 경험할 수 있게 해주기 바란다. 이 책을 통해 다른 딸들과 엄마들도 모녀 사이의 독특하고 특별한 점들을 찬양할 이유를 찾을 수 있기를 바란다. 또 미건이 여자로 성장하는 동안 나 아닌 다른 사람이 필요할 때가 있다는 사실을 내가 이해하고 받아들이며 권장하고 있다는 점을 딸이 알아주길 바란다. 그리고 마지막으로 베키에게 이렇게 말하고 싶다. "여보 고마워. 내게 너무나 멋진 선물인 딸아이를 낳아 준 것이 고맙고, 미건에게 내가 줄 수 없는 것을 주는 훌륭한 엄마가 되어준 것이 고마워. 그리고 계속 내 파트너가 되어주고 내가 가장 필요할 때 친구가 되어줘서 정말 고마워."

딸에게 엄마가 필요한 100가지 이유

그레고리 E. 랭 글 · 사진
이혜경 옮김

초판 1쇄 발행 2004년 5월 12일
초판 6쇄 발행 2010년 4월 19일

펴낸이 · 한 순 이희섭
펴낸곳 · 나무생각
편집 · 정지현 이은주
디자인 · 이은아
마케팅 · 김종문 이재석
관리 · 김하연
출판등록 · 1998년 4월 14일 제13-529호

주소 · 서울특별시 마포구 서교동 475-39 1층
전화 · 02) 334-3339, 3308, 3316
팩스 · 02) 334-3318
이메일 · tree3339@hanmail.net
홈페이지 · www.namubook.co.kr

값은 뒤표지에 있습니다.
ISBN 89-88344-84-7 04840

잘못된 책은 바꿔 드립니다.

나무생각이 발행하는 '패밀리북'은 특허청 상표등록 출원 중입니다.
(출원번호 40-2004-0000534)